D0597105

TIRO LIBRE

POR JAKE MADDOX

illustrado por Sean Tiffany

texto por Anastasia Suen
traducción por Claudia Heck
y Susana Schultz

STONE ARCH BOOKS
a capstone imprint

Jake Maddox Books are published by Stone Arch Books,
A Capstone Imprint
1710 Roe Crest Drive,
North Mankato, Minnesota 56003
www.capstonepub.com

Copyright © 2012 by Stone Arch Books

Cataloging-in-Publication Data is available at the Library of Congress
website.

ISBN: 978-1-4342-3812-2

Summary: Como Derek es el chico más alto del equipo de baloncesto, su
entrenador decide que juegue como centro en vez de Jason. Derek piensa
que eso es una gran oportunidad, hasta que Jason deja de pasarle la pelota.

Tabla da contenidos

Capítulo 1

DEREK PHELPS, PÍVOT

Derek miró a las personas que entraban al gimnasio y se sentaban en las gradas. Los aficionados de su equipo, las Avispas, se sentaban en un lado y los aficionados del equipo visitante de Renner se sentaban en el otro lado. ¡Estoy tan ansioso por el comienzo de la temporada! pensó. El año pasado Jason era pívot, pero ahora soy más alto que él, por lo tanto el entrenador cambió el registro con los jugadores y posiciones.

El entrenador Taylor llamó al equipo. "Derek, quiero que hagas el saque inicial".

"Muy bien", dijo Derek.

"Pero, Sr. Taylor", dijo Jason. "¡Yo siempre hago los saques iniciales!"

"Derek es más alto que tú este año", dijo el Sr. Taylor. "Por esa razón, él jugará de pívot en el centro y tú serás delantero".

"Pero él nunca lo ha hecho antes", dijo Jason.

"Estoy seguro que Derek puede hacerlo", dijo. Luego miró a cada uno de los miembros del equipo. "Estoy seguro que todos ustedes pueden hacer su trabajo. Este es el primer partido de la temporada para el equipo de las Avispas de Hampton", dijo el entrenador. "Sé que me harán sentir muy orgulloso".

Derek, Jason y los otros jugadores pusieron sus manos en alto en círculo. El entrenador Taylor puso su mano encima de todas las manos. Todos gritaron, "¡Vamos, Avispas!"

Derek caminó hacia el centro de la cancha y esperó a que el árbitro comenzara el partido.

Jason caminó hacia Derek. "Tú crees que eres tan bueno", dijo él.

"¿Qué?" dijo Derek.

"Tú crees que eres mejor que yo", dijo Jason, "pero no lo eres".

"¡Nunca dije eso!"

"Te mostraré quién es bueno y quién no lo es", dijo Jason. "Cuídate". Luego se dio vuelta y se fue.

Genial, pensó Derek. Crezco algunas pulgadas y nuestro jugador estrella me odia.

El árbitro se acercó con la pelota. Lo miró a Derek y al jugador pívot del equipo de Renner. "¿Listos, chicos?"

"Listo", dijo Derek.

"Estoy listo", dijo el otro chico.

"Entonces que comience el partido", dijo el árbitro. Lanzó la pelota al aire.

Derek saltó. Pero el jugador pívot golpeó la pelota antes de que Derek pudiera alcanzarla. Derek vio la pelota volar al otro lado de la cancha.

Uno de los jugadores base de Renner la tomó y corrió hacia la canasta.

Jason corrió y pasó a Derek. "Sabía que no podías hacerlo", dijo Jason.

Qué forma de comenzar el partido, pensó Derek. Él corrió hacia la canasta.

Mientras Derek estaba llegando al área de tiro libre, el jugador pívot de Renner ya estaba en el aire. ¿Cómo se movió tan rápido? Derek vio que la pelota caía dentro de la canasta. Renner anotó un punto.

Capítulo 2

JUEGO DE PASES

El resultado era 25 contra 14 y Renner iba ganando. El entrenador Taylor llamó un tiempo fuera, pero no se lo veía enojado. Estaba hablando con Cody sobre la jugada siguiente.

Cody corrió de vuelta al campo de juego. El árbitro le dio la pelota a Cody. Cody llevó la pelota fuera de la cancha detrás de la canasta.

Luego le pasó la pelota a Garrett. Derek corrió hasta la línea de tiro libre y se dio vuelta. Levantó sus manos en el aire.

Garrett le pasó la pelota a Ryan. Derek corrió hacia el poste bajo a la altura de la canasta.

Ryan pasó la pelota a Jason. Derek puso sus manos hacia fuera, listo para agarrar la pelota. Entonces el jugador base de Renner le robó la pelota a Jason. Jason corrió atrás de él.

Derek corrió hacia el otro lado del campo de juego. ¡No puedo dejar que anoten otro punto! Pensó rápidamente.

Mientras corría hacia la canasta, los jugadores de Renner pasaron la pelota. Se movían cerca y más cerca de la canasta.

Tengo que apurarme, pensó Derek. Su jugador pívot ya está en el poste bajo, justo fuera de la línea de tiro libre. Derek corrió hacia la canasta.

¡Justo a tiempo! Uno de los jugadores delanteros pasó la pelota a su pívot.

El jugador pívot comenzó a saltar.

Derek saltó también. Movió los brazos para bloquear el tiro.

¡Wap!

La pelota voló hacia atrás en dirección al centro del campo de juego. Cody tomó la pelota y se la pasó a Garrett.

¡Lo logré! La pelota es nuestra de nuevo, pensó Derek contento. Se dirigió hacia atrás en dirección a la otra canasta.

Era el turno de las Avispas para anotar un tanto. Garrett le pasó la pelota a Ryan. Ryan botó la pelota hacia la canasta.

Los jugadores del equipo de Renner rodearon a Ryan, por lo tanto hizo como que se movía hacia la izquierda y se movió a la derecha. Luego le pasó la pelota a Cody.

Cody estaba en el aire, pero los jugadores de Renner estaban todos encima de él.

Cody simuló que iba hacia la derecha y pasó la pelota a Ryan a su izquierda.

El equipo de Renner corrió hacia Ryan.

Ryan pivoteó y se la pasó a Jason.

Derek movió los brazos para que Jason lo viera. Jason miró a Derek y dijo no con la cabeza.

No tengo ningún jugador contrario marcándome, pensó Derek. Jason puede verlo.

Pero Jason no se la pasaría. Saltó y realizó un tiro.

Capítulo 3

RECUPERÁNDOSE

Derek miró el marcador. Renner le estaba ganando a Hampton, 37 a 35. Se estaban recuperando.

Era el turno de Renner de tener la pelota. Uno de los jugadores base de Renner tiró la pelota. Derek se dio vuelta para poder ver dónde iba la pelota.

Un pase rápido. Derek corrió cerca de la canasta. Otro pase. La pelota estaba en el centro del campo de juego.

Un tercer pase y ahora los jugadores de los dos equipos estaban cerca de la canasta.

Derek vio cuando los jugadores de Renner se pasaron la pelota de nuevo. El jugador de Renner saltó y también lo hizo Derek. Derek movió los brazos defendiendo la canasta. ¡Wap! Derek golpeó la pelota lejos. Garrett corrió atrás de la pelota.

Derek corrió pasando a Garrett hacia la otra canasta. Ryan paró en el centro del campo de juego. Se dio vuelta mirando a Garrett. Garrett pasó la pelota a Ryan.

Derek subió las manos. Soy el único que está aquí, pensó. Ryan se dio vuelta y miró a Derek. Ryan pasó la pelota a Derek.

Derek agarró la pelota. Luego se dio vuelta y saltó.

La pelota se deslizó por el aire.

Golpeó el borde del aro y cayó dentro de la canasta. Dos puntos.

¡Ahora estaban empatando con 37 puntos! Derek miró al entrenador Taylor. "¡Así se hace!" dijo el entrenador. Luego Derek vio a Jason. Jason estaba frunciendo el entrecejo. ¿Qué le pasa? pensó Derek. ¿No quiere Jason que ganemos?

Capítulo 4

FALTA PERSONAL

Derek saltó para bloquear otro tiro, pero el pívot de Renner simuló el salto. En vez de saltar le tiró la pelota a uno de los delanteros de Renner. Antes que Derek pudiera alcanzarlo, el delantero de Renner le dio un golpecito a la pelota dentro de la canasta. Ahora el puntaje estaba 39 contra 37.

El árbitro le dio la pelota a Cody. Cody dio un paso hacia fuera y miró hacia el campo de juego. Luego tiró la pelota.

Ryan se movió hacia adentro para

tomar la pelota, por lo tanto Derek corrió a través del campo de juego. Solo quedaba un minuto de juego.

Cody botó la pelota y se la pasó a Ryan. Ryan simuló dirigirse hacia la derecha y pasó la pelota a Garrett hacia la izquierda.

Derek se movió hacia el poste bajo debajo de la canasta. Garrett botó la pelota hasta un punto y miró a ver qué jugador no tenía ningún adversario cerca. Derek movió los brazos. Garrett le pasó la pelota.

Al fin, pensó Derek mientras se daba vuelta hacia la canasta. Ahora podremos empatar el partido.

De repente Derek estaba sentado en el suelo. Todo lo que podía ver era muchas piernas. El árbitro hizo sonar el silbato. "Falta personal", dijo.

Los jugadores de Renner se miraron entre ellos y luego miraron al entrenador.

¿Pensaron que nadie los vería? pensó Derek. Se levantó mientras el Sr. Taylor hablaba con el árbitro.

Derek caminó hacia la línea de tiro libre. Los jugadores de ambos equipos se ubicaron a lo largo de la línea. El árbitro le dio la pelota a Derek.

Todos se dieron vuelta y miraron a Derek.

"No lo arruines", dijo Jason.

Derek miró a Jason. Luego miró a la canasta. Odio hacer tiros libres, se dijo a sí mismo. Derek levantó la pelota en el aire e hizo una pausa. Luego la lanzó. La pelota golpeó el borde del aro y rebotó hacia fuera.

El árbitro tiró la pelota de vuelta a Derek.

"Vamos, Derek", dijo Cody. "Necesitamos este punto".

"No puede hacerlo", dijo Jason.

Sí, yo puedo, pensó Derek, y levantó la pelota hacia arriba. Derek estudió la canasta. Luego hizo el tiro. La pelota aterrizó en la parte de arriba del borde. Por un segundo nadie se movió. Luego la pelota rodó despacio fuera del borde. No anotó un punto. ¡No de nuevo!

Derek corrió para agarrarla después que rebotó, pero el jugador base de Renner le ganó de mano. Antes de que Derek pudiera alcanzarlo, el jugador anotó un punto.

¡Bzzzt! ¡El juego había terminado!

Jason corrió hacia Derek. "¡Perdimos el juego por tu culpa! ¡Haces que todos nos veamos mal!"

PLAN DE JUEGO

Durante la semana siguiente, Derek practicó tiros libres todo el tiempo. Durante el fin de semana y después de la escuela. Tengo que poder hacerlo, se dijo a sí mismo.

Derek entró al gimnasio el día del partido. Estoy listo para el partido, pensó. Luego lo vio a Jason.

"¿Por qué te molestaste en venir?" dijo Jason. "Todos sabemos que no sabes jugar".

Ryan miró hacia el otro lado. No dijo nada. "Jason, termina de hablar mal de otros jugadores", dijo Cody.

"Vengan aquí, chicos", dijo el entrenador. "Tenemos que hablar".

Derek esperó a que los otros chicos caminaran primero. Los siguió y se quedó parado atrás.

"Vamos, Derek", dijo el Sr. Taylor. "Quiero que todos escuchen esto". Derek se movió dentro del círculo.

"Vamos a jugar contra Curren hoy", dijo. "Mi viejo amigo O'Reilly es su entrenador. Jugamos juntos cuando teníamos su edad, allá cuando los dinosaurios existían", dijo él.

"¿Dinosaurios?" dijo Ryan.

"Seguro", dijo el entrenador, "usábamos huevos de dinosaurios en vez de pelotas de baloncesto".

"¿Qué?" dijo Cody.

"Estoy bromeando", dijo. "De todos modos, quiero que ganemos este partido". Miró a todos los jugadores.

Jason miró a Derek. Luego miró al entrenador.

"Haremos lo mejor que podamos", dijo Cody.

"Es todo lo que pido", dijo el entrenador. Sacó su cuaderno.

"Derek, quiero que hagas el saque inicial de nuevo", dijo.

"¿Qué? Pero perdió el último", dijo Jason.

"Denle tiempo", dijo el entrenador.

"Pero yo nunca pierdo un tiro", dijo Jason.

"Repasemos las jugadas", dijo el entrenador.

"Quiero usar la defensa en las zonas dos-tres. Derek, tú eres el más alto, por lo tanto quédate debajo de la canasta".

"Seguro, Sr. Taylor", dijo Derek.

"Yo juego en esa posición", dijo Jason.

El entrenador lo miró a Jason, "Tú eres el segundo más alto, Jason", dijo, "así que quiero que estés en la esquina derecha".

"¿En la esquina?" preguntó Jason.

"Sí. Y tú Ryan", dijo el entrenador, "protege la esquina izquierda".

"Muy bien, Sr. Taylor", dijo Ryan.

"Y ustedes los jugadores base y escolta", dijo el entrenador, "se quedarán entre los jugadores base y escolta del equipo contrario. Garrett, juega del lado derecho".

"Yo jugaré a la izquierda", dijo Cody.

"¡Ahora, salgamos y mostrémosle a mi viejo amigo quién tiene el mejor equipo!" dijo el entrenador con una gran sonrisa.

Capítulo 6

¡A JUGAR!

El entrenador puso su mano en el centro de las manos del grupo de jugadores.

Todos los otros jugadores pusieron sus manos juntas y gritaron, "¡Vamos, Avispas!"

Luego el árbitro caminó hacia el centro del campo de juego. "Ya es hora", dijo el entrenador Taylor. "¡Mostrémosle cómo pican las Avispas!"

"Sí", dijo Jason y puso el puño de su mano en el aire.

Derek caminó hacia el centro de la cancha para el saque inicial.

El árbitro miró a Derek y al jugador pívot de Curren.

"¿Listos para empezar a jugar?" preguntó el árbitro.

Derek asintió con la cabeza. "Listo", dijo.

"Sí", dijo el pívot de Curren.

Aquí comienza el desastre, pensó Derek. El árbitro tiró la pelota arriba en el aire. Derek saltó lo más alto que pudo.

Pero el pívot de Curren le pegó a la pelota alejándola. ¡No de nuevo!

Derek corrió hacia el otro lado del campo de juego. "Le dije al entrenador que no podrías hacerlo", dijo Jason mientras él pasaba corriendo. Derek ignoró a Jason y siguió corriendo. ¡Tenía que ubicarse debajo de la canasta!

"¡Defensa!" gritó el entrenador Taylor. "¡Defiendan sus zonas!"

Derek corrió para ponerse en posición debajo de la canasta. Los jugadores de Curren pasaron la pelota hacia la izquierda, luego a la derecha. Derek observó la ola de jugadores hacia adentro y hacia fuera. ¡Bloquéalo, Cody! ¡Bloquéalo, Garrett!

Pero la pelota se acercaba más y más.

Luego uno de los jugadores base pasó la pelota a su pívot.

Aquí vamos, pensó Derek. Vio cuando Jason se movió hacia la derecha para bloquear al pívot de Curren. El pívot de Curren simuló moverse hacia la derecha y luego saltó a la izquierda. Tiró la pelota hacia la red.

Derek trato de alcanzarla y saltó lo más alto que pudo. Ahora depende de mí.

La pelota se deslizó sobre las manos de Derek.

¡Swoosh! La pelota aterrizó en la red.

¡Ya dos puntos!

Cody le pasó la pelota a Garrett. Garrett botó la pelota hacia el centro del campo de juego.

Derek corrió hacia la línea de tiro libre. Estaba listo.

Pero el pívot de Curren se ubicó entre Derek y Garrett, por lo tanto Garrett le pasó la pelota a Dylan.

Dylan simuló ir hacia la izquierda y el pívot de Curren se movió hacia él. De repente nadie estaba marcando a Derek.

Derek extendió el brazo y Dylan le pasó la pelota.

Capítulo 7

DEFENSA

Derek saltó para lanzar la pelota. El pívot de Curren se dio vuelta y golpeó el brazo de Derek. La pelota cayó al piso.

¡Tuit! El árbitro sopló el silbato. "Falta personal".

Derek caminó hacia la línea de tiro libre. Cody se le acercó para hablarle.

"Tienes que completar los tres tiros libres", dijo Cody. "Necesitamos los puntos".

"Lo sé, lo sé", dijo Derek. "Haré lo mejor que pueda".

Los jugadores se ubicaron a lo largo de la línea de tiro libre. El árbitro le dio la pelota a Derek. Derek miró la canasta. Trató de ignorar a Jason. No puedo dejar que él me haga perder, pensó él.

Derek levantó los brazos e hizo un tiro. ¡Blap! La pelota golpeó el borde y se cayó afuera.

"No de nuevo", dijo Jason.

El árbitro le dio la pelota a Derek. Otro tiro.

Derek levantó la pelota. ¡Tengo que hacer este punto! Empujó los brazos hacia arriba. Pero la pelota rebotó en la parte de atrás del tablero.

Uno de los pívot de Curren la agarró. Se la pasó a otro alero de Curren.

Los jugadores se dieron vuelta y comenzaron a moverse hacia la otra canasta.

"No sé por qué el entrenador te puso en la posición de pívot", dijo Jason mientras pasaba a Derek. "¡El hecho de que eres alto no significa que eres bueno!"

"Defensa", gritó el entrenador desde la línea lateral. Derek se dio vuelta y corrió hacia la otra canasta. ¡Tengo que defender mi zona! pensó.

Antes que Derek pudiera llegar a la línea de tiro libre, ¡el otro equipo anotó un punto!

Jason corrió hacia donde estaba Derek.

"¿Dónde estabas? ¡Se suponía que debías estar debajo de la canasta cuando ellos tenían la pelota!" gritó.

Derek miro a Jason. "Perdón".

"Perdón no es suficiente", dijo Jason. "Estamos acá para ganar, no para pedir disculpas".

"Apúrense", dijo el entrenador.

Derek se dio vuelta y vio que Cody había llevado la pelota fuera del campo de juego. Derek corrió de nuevo al centro del campo de juego para estar listo.

Capítulo 8

A PASO ACELERADO

Al equipo de Curren le encantaba jugar a paso acelerado. Derek corrió hacia un lado y hacia el otro a lo largo de la cancha más veces de las que podía contar. Cuando llegaron al cuarto final del partido, el resultado era 70 a 69, Curren ganando.

El entrenador Taylor pidió tiempo fuera. "Tenemos menos de un minuto de partido", dijo. "Solo necesitamos un punto para ganar".

"No lo defraudaremos", dijo Cody. Él puso su mano dentro del círculo.

El entrenador también puso su mano, igual que Derek. Ryan, Garrett y Jason pusieron sus manos. Las manos de Jason estaban arriba de todo. "Vamos, Avispas", gritaron todos. Y luego las Avispas se dirigieron a la cancha.

El árbitro le dio la pelota a Cody. Cody salió del campo de juego con la pelota y se dio vuelta despacio.

Derek corrió hacia el centro del campo de juego. ¡Tenemos que hacer esto bien!, se dijo a sí mismo.

Cody le pasó la pelota a Ryan. Ryan pivoteó y le pasó la pelota a Garrett. Derek corrió debajo de la canasta.

Cody corrió hacia la línea de tiro libre. Garrett le pasó la pelota a Cody, pero los jugadores de Curren estaban todos alrededor de él. Cody simuló pasar la pelota a Dylan. Dylan fue hacia el costado.

Derek puso las manos hacia arriba para agarrar la pelota, pero Jason corrió enfrente de él. Dylan le dio la pelota a Jason en vez de a Derek. Jason se dio vuelta, por lo tanto Derek extendió las manos para agarrar la pelota. Jason sacudió la cabeza. Luego saltó para hacer un tiro.

El pívot de Curren saltó también y antes de que la pelota llegara a la canasta, el pívot golpeó la pelota lejos.

¿Por qué Jason no pasó la pelota?, pensó Derek enojado. Estaba en una buena posición debajo de la canasta.

Uno de los delanteros de Curren tomó la pelota. Cada uno de ellos corrió al otro lado del campo de juego. Faltaba poco tiempo para el final del partido. Derek corrió lo más rápido que pudo hacia la otra canasta. ¡Tengo que bloquear!

Saltó hacia arriba y ¡wam! Golpeó la pelota lejos.

"Así se hace, Derek", gritó el entrenador desde la línea lateral.

Cody tomó la pelota y empezó a correr. Cada uno de ellos corrió de vuelta hacia el otro lado de la cancha.

Derek corrió de vuelta hacia la canasta y esperó.

Cody hizo un pase a Garrett. Garrett hizo un pase a Dylan. Dylan a Ryan. Luego Ryan pivoteó y pasó la pelota a Derek.

Al fin, pensó Derek y saltó con la pelota. Pero un brazo apareció inesperadamente y empujó a Derek.

El árbitro tocó el silbato. "Falta personal".

Oh, no, pensó Derek. ¡Tengo que hacer un tiro libre de nuevo!

A PASO ACELERADO

Derek caminó hacia la línea de tiro libre. Los jugadores de los dos equipos se alinearon en la zona de tiro libre.

"El juego está en tus manos, Derek", dijo Cody. "Si anotas los dos puntos, ganamos".

El árbitro le dio la pelota a Derek.

Todos me están mirando, pensó Derek. Levantó la pelota y estudió cuidadosamente la canasta.

"¡No vas a anotar el punto!" alguien gritó desde las gradas.

Derek lanzó la pelota. La pelota se deslizó por el aire y golpeó el tablero. Luego rebotó en el borde del aro y cayó al piso. ¡Odio los tiros libres! pensó.

Derek miró al entrenador. El entrenador se tocó la rodilla.

Las rodillas, pensó Derek. Me olvidé de doblar las rodillas cuando hice el lanzamiento.

El árbitro le dio la pelota a Derek. Este es mi último tiro, pensó Derek. Si anoto el punto, podemos empatar. Derek levantó la pelota, dobló las rodillas y lanzó la pelota.

La pelota se deslizó por el aire.

Golpeó el frente del borde y rebotó afuera. Un delantero de Curren agarró la pelota. La bocina indicando el fin del partido sonó.

Perdimos, pensó Derek. ¡Perdimos de nuevo por mi culpa! Jason corrió hacia Derek. "¿Tú nunca practicas?"

"Se terminó el juego", dijo Cody.

"Se terminó Derek también", dijo Jason. "El Sr. Taylor tendrá que sacarlo del equipo ahora. No podemos tener un jugador que hace que el equipo pierda todas las semanas".

"Chicos", dijo el entrenador, "lo que pasó pasó. El equipo del entrenador O'Reilly's nos ganó. A veces pasa. No se preocupen. Nos recuperaremos".

"Pero", dijo Jason, "tenemos un récord de perdedores".

"La temporada todavía no terminó", dijo el entrenador. "Tenemos tiempo suficiente para ganar".

El entrenador miró a Derek.

"Hijo", le dijo, "creo que tenemos que moverte a la posición de delantero por un tiempo. Jason puede jugar pívot mientras tú practicas tiros libres".

"Estoy de acuerdo", dijo Jason. "Hicimos eso el año pasado y tuvimos un record ganador".

"Sí, lo hicimos", dijo el entrenador. "Y lo haremos de nuevo. Solo nos llevará un poquito de práctica".

Jason dio un golpecito a Derek en el hombro. "Solo practica esos tiros libres, mi amigo, y podrás ser tan bueno como yo".

Voy a practicar mucho, pensó Derek. ¡Seguiré practicando hasta que sea mejor que tú!

Capítulo 10

HAMPTON CONTRA ALLEN

La semana siguiente, mientras entraba en el gimnasio, Derek pensó, otra vez. Mi primer juego como delantero, ahora que Jason consiguió lo que quería.

"Hola, Derek", dijo el Sr. Taylor. "¿Has estado practicando los tiros libres? ¿Recordaste doblar las rodillas?"

"Sí", dijo Derek. "¿Ve?" Derek tomó una pelota y fue a la línea de tiro libre.

Levantó la pelota, dobló las rodillas y la lanzó cuidadosamente.

La pelota se deslizó justo dentro de la canasta.

"¡Qué bien!" dijo el Sr. Taylor.

"Gracias", dijo Derek.

Se dio vuelta y vio a Jason entrar con Ryan.

"El pívot de las Avispas ha llegado", dijo Jason. Levantó los brazos y miró hacia las gradas como si fuera una estrella de rock.

El pívot de las Avispas ya está aquí, pensó Derek. Solo espera, Jason. Recuperaré mi posición.

"Tiempo de precalentamiento, chicos", dijo el entrenador.

Las Avispas entrenaron hasta que llegó el equipo de Allen.

"Este fue un buen precalentamiento, chicos", dijo el entrenador Taylor. "Ahora vengan aquí así hablamos sobre la defensa".

Derek volvió a la banca de las Avispas. Jason hizo un lanzamiento más antes de acercarse.

Siempre igual, pensó Derek.

"Me alegro que hayas podido acercarte", dijo el Sr. Taylor mientras Jason se acercó al grupo.

"Seguro", dijo Jason.

"Vayamos directo al grano", dijo el entrenador Taylor. Les mostró su hoja con las jugadas. "Quiero que probemos la defensa uno-dos-dos esta semana. Derek, tú defiendes la línea de tres puntos. Derek asintió con la cabeza.

"Base y escolta, quédense cerca de la canasta".

"Sí, señor", dijo Cody.

"Seguro", dijo Garrett.

"Jason y Ryan, quiero que ustedes dos estén en el poste bajo. Si todas las otras defensas fallan, es su trabajo que el otro equipo no anote puntos".

"Sí", dijo Ryan. Jason asintió con la cabeza.

El entrenador Taylor se dio vuelta, "Estamos listos para el saque inicial, Jason, tu juegas de pívot, depende de ti".

"Yo puedo hacerlo", dijo Jason, "no como una persona que todos conocemos", agregó.

"¿Qué dijiste?" dijo el entrenador Taylor.

"Listo para empezar", dijo Jason.

Grande, pensó Derek. Vamos Avispas.

Capítulo 11

EL GIGANTE

La línea de tres puntos. Estoy
defendiendo la línea de tres puntos, Derek
se dijo a sí mismo mientras caminaba en
la cancha. ¡Espero recordar quedarme ahí!
pensó.

Derek miró a Jason en el centro del
campo de juego. Yo debería estar en el
saque inicial, pensó con tristeza.

Entonces Derek vio al pívot de Allen.
¡Qué gigante! El chico era por lo menos
cinco pulgadas más alto que Jason.

El árbitro tiró la pelota al aire y el partido comenzó. Derek observó a Jason saltar. Pero el Gigante era demasiado alto para Jason. Le pegó a la pelota alejándola.

Sí, pensó Derek. Jason no pudo hacerlo. Derek se dio vuelta. La pelota venía directo a él. Puso las manos en alto y la tomó.

El Gigante corrió hacia él. Derek le pasó la pelota a Cody y luego corrió hacia la canasta.

"¿Qué haces aquí?" dijo Jason mientras Derek corría abajo de la canasta. "Estoy jugando de pívot ahora".

"Oh, perdón", dijo Derek y se movió de vuelta al centro de la zona entre la línea de fondo y la línea de tiro libre.

"¡Presta atención!" dijo Jason.

Derek se dio vuelta y Ryan le pasó la pelota. Derek saltó y tiró la pelota hacia la canasta. ¡Entró directo!

Dos puntos, pensó Derek. ¡Anoté los dos primeros puntos del partido!

"¿Por qué no me pasaste la pelota?" dijo Jason, mientras corría hacia el otro lado del campo de juego.

¿Por qué debía hacerlo? pensó Derek. Tú no eres el único jugador del equipo.

Derek corrió hacia la línea de tres puntos y cuidó su posición. Observó a Jason correr hacia el poste bajo. El Gigante saltó, y ¡bam! ¡Dos puntos! Jason no era suficientemente alto para bloquearlo.

Cody tomó la pelota hacia afuera y todos comenzaron a moverse y cambiar la defensa. Derek corrió hacia la línea de tiro libre.

Jason pasó corriendo.

"¿No puedes hacer nada bien?" dijo Jason. "Esta es mi área ahora. Ve y agarra la pelota".

Por supuesto que lo haré, pensó Derek. Mientras se movía al centro del campo de juego, Derek vio a Ryan agarrar a la pelota. Ryan pivoteó. ¡Simuló ir hacia la izquierda y luego tiró la pelota directo a Derek!

Derek agarró la pelota. Se dio vuelta y saltó. La pelota voló. ¡Bam! Justo dentro de la canasta.

¡Sí! ¡Lo hice de nuevo!

"¡Así se hace!" dijo el entrenador.

Jason se acercó con cara de mal humor. "Yo soy el pívot. Pásame la pelota a mí".

Capítulo 12

¡SORPRESA!

Derek anotó.

El Gigante anotó.

Derek anotó.

El Gigante anotó.

Faltaban menos de diez minutos para que terminara el partido y el puntaje era 53 a 51, Allen ganaba.

El entrenador Taylor pidió tiempo fuera. "Jason, tienes que impedir que el pívot anote más puntos".

"Estoy tratando, entrenador", dijo Jason, "pero él es gigante".

"Puedo ver eso", dijo el entrenador Taylor. "Pero igual debes marcarlo". El entrenador miró la lista. "Creo que es hora de que alguien más juegue de pívot".

"¡Pero, Sr. Taylor! dijo Jason.

"Si no puedes hacer tu trabajo", dijo el entrenador, "tenemos que dárselo a alguien más. Estamos cero y dos esta temporada".

"Por culpa de Derek", dijo Jason.

"Derek anotó la mayoría de los puntos en este partido", dijo el entrenador Taylor.

"Nunca me pasa la pelota", dijo Jason.

"El pívot del equipo contrario te tiene bloqueado", dijo el entrenador. "No todo es sobre ti Jason. Se hace lo que es mejor para el equipo".

"Lo sé", dijo Jason, "pero—"

"No más peros", dijo el entrenador. Se dio vuelta hacia donde estaba Derek. "Quiero que seas pívot por lo que queda del juego, Derek. Jason, vuelve a jugar de delantero".

"¡Derek!" dijo Jason.

"Muy bien, señor", dijo Derek.

"Es el elemento sorpresa", dijo el entrenador. "No esperarán que movamos al jugador que anotó más puntos a una posición nueva casi al terminar el partido".

Jason lo miró a Derek enojado.

"Solo estamos dos puntos atrás", dijo el entrenador Taylor. "¡Ganemos este partido!"

El Gigante había anotado un punto por lo tanto la pelota era para Hampton.

Cody sacó la pelota hacia fuera.

Derek corrió hacia la canasta. ¡Recuperé mi posición! ¡Ahora tengo que mostrarle al entrenador que puedo permanecer en esta posición!

Cody le pasó la pelota a Garrett. Garrett hizo un pase rápido a Jason. Jason le pasó la pelota a Ryan. ¡Ryan se dio vuelta y saltó! ¡La pelota cayó dentro de la canasta! ¡Dos puntos! Estaban empatados en 53.

Ahora el equipo del Gigante tenía la pelota. Derek corrió hacia la otra canasta. Tengo que impedir que el Gigante anote un punto.

Con precisión, el equipo de Allen le pasó la pelota al Gigante. Él se acercó al poste bajo y Derek saltó para bloquear su tiro. ¡Wap! La pelota voló hacia el centro del campo de juego.

"¡Qué!" gritó el Gigante.

Fue una sorpresa, pensó Derek mientras corría al otro lado del campo de juego. Derek corrió hacia el poste bajo y Garrett le pasó la pelota. Derek saltó. Ahora podemos ganar.

¡Wam!

De repente Derek estaba acostado en el piso boca arriba.

¡Tuit! El árbitro sonó el silbato. "Falta personal".

Derek se levantó del piso. ¡Hombre, ese Gigante sí que pega! Le dolía la espalda a Derek mientras caminaba hacia la línea de tiro libre.

Miró el reloj de reojo. ¡Faltaban solo dos segundos para terminar el partido!

"Tú puedes hacerlo, Derek" dijo Cody.

Derek se pasó la mano sobre la espalda dolorida.

El árbitro le dio la pelota. "Tienes dos tiros", le dijo.

Derek asintió con la cabeza. Levantó la pelota y estudió la canasta. Luego dobló las rodillas y tiró la pelota.

¡Clank! El primer tiro golpeó el borde del aro y rebotó afuera.

Tengo que anotar el segundo, pensó Derek.

El árbitro le dio la pelota de nuevo. "Último tiro".

Si lo sabré, pensó Derek. ¡Tengo que mostrarle al entrenador que puedo hacer tiros libres!

Derek levantó la pelota y miró la canasta. ¡Aquí comienza el desastre! Dobló sus rodillas y lanzó la pelota.

La pelota se deslizó en el aire.

¡Swish! ¡La pelota cayó justo en el centro de la red!

¡Bzzzt! La bocina sonó.

El partido había terminado.

Ese punto ganó el partido, pensó Derek.

¡Ganamos! ¡Lo logré!

Sobre la autura

Anastasia Suen es la autora de más de setenta libros para gente joven. Ella pasó innumerables horas conduciendo su bicicleta cuando era niña. Anastasia creció en Florida en la época en que se iniciaba la NASA y ahora vive con su familia en Plano, Texas.

Sobre el ilustrador

Sean Tiffany creció en una isla pequeña en la costa de Maine. Todos los días, desde sexto grado hasta que se graduó de la escuela secundaria, tenía que tomar un bote para llegar a la escuela. Cuando Sean no está trabajando en su arte, trabaja en un proyecto de multimedia llamado "OilCan Drive", el cual combina música y arte. Tiene un cactus llamado Jim como mascota.

Glosario

ataque – cuando los jugadores de un equipo tratan de anotar

defensa – cuando los jugadores de un equipo tratan de que sus oponentes no anoten

elemento – la parte de algo básico o simple

falta – hacer contacto no permitido con otro jugador

línea de tiro libre – el área enfrente de la canasta

pivotear – darse vuelta de repente

registro – lista de jugadores de un equipo

Datos interesantes . . .

En 1891, los atletas en la escuela Dr. James Naismith estaban aburridos en el invierno. Entonces inventaron un juego nuevo llamado baloncesto. Cada equipo tenía nueve jugadores. Para anotar un punto, los jugadores tiraban una pelota de fútbol dentro de una canasta de duraznos.

El baloncesto profesional comenzó en Nueva York en 1896.

El baloncesto se convirtió en un deporte olímpico en las Olimpiadas de 1936 jugadas en Berlín.

El 2 de marzo de 1962, el pívot de Filadelfia Wilt Chamberlin anotó 100 puntos durante un partido contra el equipo de Nueva York. Esa es la mayor cantidad de puntos anotados en un solo partido.

Kareem Abdul Jabbar, que jugó durante veinte temporadas en la NBA, es el jugador que anotó más puntos en una carrera, 38,387.

La NBA comenzó a usar los tiros desde la línea de tres puntos antes de la temporada de 1979 1980.

El campo de juego de baloncesto mide noventa y cuatro pies de largo y cincuenta y cuatro pies de ancho.

Los equipos locales normalmente usan camisetas de colores claros y los equipos visitantes usan camisetas de colores oscuros.

Preguntas para discutir

1. ¿Qué opinas sobre "hablar mal" de otro compañero de equipo en deportes? En el libro, el personaje llamado Jason lo trata muy mal a Derek. ¿Piensas que está bien "hablar mal" de los compañeros de tu equipo?

2. Si tú fueras Derek, ¿qué hubieras hecho si el equipo pierde porque tú no encestaste los tiros libres?

3. ¿Has jugado un deporte con alguien como Jason en tu equipo? ¿Qué harías si tuvieras un compañero como él?

Sugerencias para composición

1. El personaje principal, Derek, odia hacer tiros libres. ¿Hay algo que hayas tenido que practicar para mejorar? Si lo hiciste, escribe qué fue y cómo te sentiste después que lo lograste.

2. Durante todo el juego, Derek nunca le dice al entrenador sobre Jason y su mala actitud. ¿Crees que esa una buena idea o no? Explica.

3. ¿Cuáles son algunas de las razones por las cuales el entrenador mantuvo a Derek en el centro del campo de juego por largo tiempo?